Zwei wunderbare Wesen,

Wolken und Regenbogen

Gabriele Kuppe

Bibliografische Information der Deutschen Nationalbibliothek:

Die Deutsche Nationalbibliothek verzeichnet diese Publikation in der Deutschen Nationalbibliothek; detaillierte bibliografische Daten sind im Internet unter http://dnb.d-nb.de abrufbar.

© 2017 Gabriele Kuppe
2. Auflage

Alle Rechte vorbehalten

Bildgestaltung: Gabriele Kuppe

Herstellung und Verlag: BoD - Books on Demand, Norderstedt

ISBN 978-3-7431-2655-8

Dieses Buch ist meinen über alles geliebten Katern David und Dennis gewidmet. Sie gaben und geben mir Mut, Kraft und Stärke. Es ist eine unendlich große Liebe. Auch wenn sie beide die Erde schon verlassen mussten, so haben David und Dennis immer einen riesigen Platz in meinem Herzen. Niemals werde ich ihre wahre, reine Liebe vergessen. Liebe ist stärker als der Tod.

Der 1. März 1996 veränderte unser Leben. Das „unser" bestand bis dahin aus meiner Mutter, meiner Schwester und mir. An diesem Freitagabend betraten zwei wunderbare Wesen unsere Wohnung: David und Dennis. Zwei weiße Kater, Europäisch Kurzhaar, mit zwei verschiedenen Augenfarben. Ein Auge war blau, das andere gelb, und jeder trug es auf der jeweils anderen Seite. David hatte sein blaues Auge rechts und Dennis links.

Wie scheu und ein wenig ängstlich sie doch die neue Umgebung betrachteten. Vorsichtig tasteten sich beide aus dem Transporter heraus.

Wir kannten die beiden süßen Kater schon eine ganze Weile, da wir sie versorgt haben, wenn ihre Herrchen mal wieder unterwegs waren. In ihrem damaligen Umfeld gab es noch viele andere Katzen, aber David und Dennis hatten wir sofort in unser Herz geschlossen. Dennis spielte oft mit meiner Schwester und einer kleinen, rosafarbenen Maus. Das schien ihm sehr zu gefallen.

Manchmal sah David richtig traurig aus, saß gedankenverloren auf einer Couch. Wenn er sich zurückgezogen hatte und wir ihn suchen mussten, hat Dennis uns immer zu diesem stillen Ort geführt, damit wir seinen Bruder finden konnten.

Eines Tages stellten wir zu unserem Entsetzen eine tiefe, große Wunde an seinem rechten Ohr fest. Bei unserer Nachfrage wurde nur gesagt, dass das schon mal vorkommt, da es dort offenbar öfter eine sogenannte Revierfehde gab. Daher sei es auch die beste Lösung, wenn David und Dennis den Haushalt dort verlassen. Für mich stand sofort fest: David und Dennis werden bei uns ein neues Zuhause finden. Es wäre für mich unerträglich gewesen, wenn die beiden woanders ein neues Zuhause gefunden hätten, denn meine Liebe zu ihnen war bereits groß.

Aus dem „uns" wurde ein „wir". Fünf Lebewesen, die sich liebten und immer lieben werden. Eine Mutter, die zur „Omi" für zwei süße Kater wurde, zwei große

Tierliebhaberinnen, die von nun an zwei liebende Katzenmütter sind und natürlich die zwei wunderbaren Wesen: David und Dennis.

All die Liebe, die uns durch diese beiden liebevollen Kater gegeben wurde, haben wir nie durch Menschen erfahren und es ist ein Segen für uns gewesen, dass wir David und Dennis kennen- und lieben lernen durften. Sie haben so viel Liebe in unser Zuhause gebracht.

Unsere Wohnung und Seelen wurden mit dieser unendlich großen Liebe erfüllt und ich bin Gott Vater sehr dankbar für dieses herrliche Geschenk.

Jeder liebende Tierfreund wird das sicher nachvollziehen können, das Tiere ganz besondere Lebewesen sind, die jeden Respekt und vor allem Liebe verdient haben.

Anfangs hatten wir Bedenken, unsere neuen Familienmitglieder in unseren Betten schlafen zu lassen, aber das wurde immer weniger und schließlich teilten wir

mit unseren Lieblingen nicht nur Freud`
und Leid, sondern auch das Bett. Wir haben es nie bereut!

Schmusen, sich gegenseitig Wärme und Liebe geben, Vertrauen schenken, einander aufbauen, war irgendwann an der Tagesordnung. Es bestand kein Zweifel mehr: Das ist die reine, wahre Liebe.

Liebe ist etwas Großes und Wichtiges, und befindet sich in jedem Lebewesen, doch manches Mal wird sie falsch interpretiert oder bleibt verborgen. Aber jeder kann sie für sich entdecken lernen.

Man konnte spüren, dass sich jeder von uns wohlfühlte. David und Dennis bei uns und wir anderen drei mit den beiden. Eine Liebe, die unerschütterlich ist und für immer bleiben wird.

Hatten wir drei Menschen mal Kummer oder tat us etwas weh, so waren die beiden süßen Lebewesen stets an unserer Seite und haben die Last übernommen. Wieviel Last sie meinetwegen zu tragen hatten, dass erfuhr ich erst viel später. Leider!

David und Dennis waren großartige, liebevolle und wunderbare Wegbegleiter, die jeden Respekt verdient haben.

Es gab so viele schöne Momente, die ich nicht missen möchte. Wenn wir zum Beispiel alle fünf zusammen auf der Couch saßen. Pfötchen halten mit Dennis, kraulen hinter dem Ohr und unter dem Kinn bei David. Alles geschah aus Liebe pur.

David hatte sich prächtig bei uns entwickelt. Aus dem gedankenverlorenen Kater wurde ein richtiger kleiner Rabauke. Er blühte regelrecht auf. Das schelmische Nach-hinten-Schauen, wenn er am Kratzbaum kratzte, oder das Funkeln in seinen Augen, als er die Lichter am letzten gemeinsamen Weihnachtsbaum betrachtete.

Diese sehr wundervollen Erlebnisse werde ich niemals vergessen.

Oder wenn beide vor der Küchentür saßen und auf ihr Futter warteten. Da wurde dann oft gemeckert, wenn es mit der Zubereitung der Mahlzeit einmal zu lange dauerte. Dennis konnte besonders gut meckern, manchmal konnte man denken, er spricht wie ein kleiner Junge. Wenn die Tür dann endlich aufging, gaben die beiden sich ein Küsschen, so ganz nach dem Motto: „Prima, haben wir es geschafft, dass das schneller ging."

Wunderschön waren auch die Momente anzusehen, wenn beide genussvoll auf dem Rücken lagen, ihre Ärmchen hochstreckten. Am liebsten lagen sie dann in der Sonne. Genuss pur.

Es gibt so viele schöne Erinnerungen. Ein sehr zärtliches Nase-Kater an Nase-Mensch küssen. Das gemeinsame Kuscheln. David lag dann rechts neben mir und ich habe ihm aus der Bettdecke eine kleine Höhle gebaut. Gleichzeitig lag dann Dennis auf meinen Unterschenkeln in einer Kuhle. Beide Kater, die für mich immer meine Kinder bleiben werden, so in meiner Nähe zu spüren, das war ein fantastisches Gefühl, das ich niemals mehr so haben werde.

Es war auch wunderschön, mit anzusehen, wie David mit meiner Schwester gekuschelt hat, und vor allem hat er viel „getretelt". Da sagt man doch, dass das kleine Katzenkinder bei ihren Müttern tun.

Kamen wir nach Hause, so begrüßte David uns immer mit einem zärtlichen Köpfchen ums Bein streichen, oder er gab uns ein Küsschen. Von Dennis gab es auch ganz viele Küsse, da sagt man nicht umsonst, er war ein Schmusekater.

Schrieb meine Schwester mir eine E-Mail, so kam David stets auf den Tisch und „schrieb" auch kurz auf dem Computer ein paar Zeilen…

Und Fußball spielte David voller Leidenschaft. Er hatte einen superkleinen Fußball, den er liebend gerne gegen den Schrank schoss. Das war für ihn ein sichtbares Vergnügen pur. Als Kind auf zwei Beinen wäre aus ihm ganz sicher einmal ein Fußballer geworden...

Dennis bekam jeden Tag seine Massagen. Er hatte einen großen Würfel und davor stand noch ein kleiner Würfel, auf dem ich Platz nehmen durfte. Legte sich Dennis auf den großen Würfel, so schaute er mich immer an, ganz nach dem Motto: Hey, Mami, bitte lange streicheln und massieren!

Dabei habe ich ihm manchmal etwas vorgesungen, und er liebte das alles sehr. So hatten wir täglich ca. 30 bis 60 Minuten unsere Wellnessoase geöffnet!

Als David und Dennis zu uns kamen, da hatten wir wenig Ahnung von Katzen. Zwar mal etwas streicheln und kurz auf sie aufpassen, aber welche Liebe und Freude sie einem wirklich geben können, das haben wir erst mit der Zeit erfahren. Diese Liebe ist viel mehr als kuscheln, küssen oder nur sagen: Ich hab` dich lieb. Liebe ist so viel mehr...

Wenn man sich liebt, dann redet man auch miteinander. Dennis zum Beispiel konnte wirklich „reden". Hat man sich mit ihm unterhalten, so gab er in Lauten Antwort. Es konnte einem das Herz aufgehen, ihm dabei zuzuhören.

Manchmal habe ich David auf den Arm genommen und wir haben ein paar Takte zur Musik getanzt. Dennis sprang mit Vorliebe an Türklinken hoch. Er konnte schon sehr gut Türen öffnen…

In der Küche hatten Dennis und ich unser „Tröpfchenspiel". Ich musste den Wasserhahn auf- und zumachen und er konnte mit der Pfote die sich bildenden Tropfen „fangen". Ein liebevolles Zusammenspiel zwischen Mutter und Sohn. Ja, Söhne, meine Kinder, das werden David und Dennis für mich ewig sein.

Beide saßen auch mit Begeisterung auf den Fensterbänken und sahen den herumfliegenden Vögeln zu. Köpfchen nach links, Köpfchen nach rechts. Sie schienen dabei viel Spaß zu haben.

Aber dann war es irgendwann soweit, wovon man am liebsten nichts wissen möchte. Die Zeit war gekommen, dass beide Kater diese Erde verlassen mussten. Immer häufiger wurden Tierarztbesuche erforderlich.

Obwohl keiner da war, der ihn verletzen konnte, weder sein geliebter Bruder noch andere Kater, hatte David wieder Probleme mit einem Ohr. Der damalige Tierarzt schor die wunde Stelle kahl. Das ginge sonst nicht weg, meinte dieser Mann. Aber David muss dabei eine Art Schock erlitten haben, denn seitdem rastete er dermaßen bei einem Tierarzt aus, dass keiner ihn jemals mehr richtig untersuchen konnte.

Im Nachhinein betrachtet ist das nur allzu gut verständlich, aber als Tierhalter vertraut man zunächst einem Tierarzt, zumindest denkt man, dass man das kann.

Wir „landeten" dann irgendwann bei einer Tierärztin, die angeblich sehr gut sein sollte. Aber sie konnte oder wollte David nicht richtig untersuchen, und so bekam er Medikamente, die, wie ich leider heute weiß, ihm eher geschadet als geholfen haben. Dennis ließ beim Tierarzt alles über sich ergehen. Unser Dennis war eben eher der Ängstliche und Ruhigere. Aber unser kleiner David war da anders, aber man kann es ihm nicht verdenken. Hätte man als Mensch so eine Erfahrung gemacht, würde man wahrscheinlich auch keine andere Reaktion zeigen.

Aber was sollten wir tun? Wir haben einige Tierärzte versucht, aber es war keiner imstande unseren kleinen Stinker, wie wir David ab und zu nannten, zu behandeln. Oder war es vielleicht einfach das fehlende Einfühlungsvermögen, das auch ein Tierarzt mitbringen sollte? Dass David ohne gründliche Untersuchung Arzneien oder gar Spritzen verabreicht wurden, war auch nicht in unserem Sinn.

Gab es Alternativen? In Narkose versetzen, nur um kurz nachzusehen? Im Alter war das auch zu riskant!

Drei Jahre bevor der Tag kam, vor dem jeder liebende Mensch Angst hat, wurde unser David schon sehr krank. Die Tierärztin sagte so ganz einfach, dass David die Nacht nicht überleben würde. Die ganze Nacht haben wir auf dem Sofa neben ihm gelegen, gewacht, gebetet und nochmals gebetet. David, unser kleiner Kämpfer, er hat es überstanden. Diese Tierärztin war perplex…

Aber so konnte das doch nicht weitergehen! Es muss doch jemand imstande sein, das Kind zu untersuchen. Da musste es doch eine Möglichkeit geben. Wir versuchten nochmals den Tierarzt zu wechseln, es blieb jedoch leider erfolglos.

Immer wieder habe ich gebetet, man möge uns doch einen Weg zeigen, wie man dem Kind helfen könnte. Keiner von uns wollte weder David noch Dennis so schnell verlieren!

Plötzlich stieß ich bei meiner Recherche im Internet auf eine Haaranalyse bei Tieren. Prima, dachte ich, das könnte doch eine Alternative sein. David braucht sich nicht unnötig aufzuregen und wir finden schonend heraus, was ihm denn nun wirklich fehlt. Von alternativer Medizin halte ich selbst sehr viel und ein paar Haare „ausreißen" und wegschicken, dann ein brauchbares Ergebnis erhalten, das klang doch wundervoll. Statt irgendwelcher Medikamente vom Tierarzt, der vielleicht sogar eine Fehldiagnose gestellt hatte, pflanzliche Arzneimittel zu nehmen, das fand ich gut.

Nach 14 Tagen erhielten wir eine Haaranalyse mit erstaunlich vielen Ergebnissen über den Gesundheitszustand unseres Katers. Zusätzlich fügte man uns einen Plan mit homöopathischen Mitteln und Anregungen zur Essensumstellung bei. Alles wurde so gemacht, wie es dort geschrieben stand.

Für unseren Dennis haben wir dann auch noch eine Haaranalyse erstellen lassen und waren sehr erstaunt, dass unser kleiner Schatz offenbar noch kränker war als David, obwohl Dennis sich ja beim Tierarzt ständig untersuchen ließ...

Aber auch bei ihm hieß es oft, dass er Antibiotikum einnehmen sollte, wie das nun mal bei Ärzten, egal ob Humanmediziner oder Veterinär der Fall ist. Leider kenne ich das aus eigener Erfahrung!

Die Tierärztin hatte David schon lange abgeschrieben, aber das heißt noch lange nicht, dass wir unseren Kater aufgeben. Wenn man liebt, dann kämpft man auch um das Liebste, was einem geschenkt wurde!

So durften wir fünf noch ein paar wunderschöne Jahre miteinander erleben. Doch diese Jahre vergingen viel zu schnell. Aber diese wunderbare Zeit zusammen kann uns keiner jemals nehmen!

Unsere Kinder waren und sind das Beste, das uns je passiert ist.

Sie gaben nicht nur Wärme und Liebe, nein, sie waren reine Sonnenscheine, die unsere manch` düsteren Tage erhellten!

Nichts konnte uns trennen, denn wir waren und sind unzertrennlich. Das wir zueinander gefunden haben, das ist kein Zufall gewesen, das war Bestimmung!

Im Mai 2009 begann dann eine Phase, die mir seltsamerweise immer ein Gefühl von Verlust gab. David hatte etwas an seinem gelben Auge und die Tierärztin sah sich das kurz – durch den Transporter – an. Diagnose: Allergie. Daraufhin bekam David Allergietabletten. Mal war es besser, dann wurde es aber immer mehr. Unser kleiner Stinker versteckte sich häufiger hinter der Heizung, aber das machten laut der Tierärztin ihre Katzen auch, weil der Sommer so heiß war. Sie meinte, es wäre kein Grund zur Besorgnis.

Im Juli 2009 begann dann Dennis, uns bezüglich seines Gesundheitszustandes Sorgen zu machen. Bei 40 Grad Fieber wurde ihm Blut abgenommen. Diagnose bei Dennis: Probleme mit der Nierenfunktion. Auch er wurde, wie sein geliebter Bruder David, von der Tierärztin als alt und krank abgestempelt.

Wieso alt und krank? Meine Kater waren zwar mittlerweile 15 Jahre alt, aber ich habe Katzen kennengelernt, die 24 Jahre alt geworden sind. Also warum sollten unsere Kinder das nicht erreichen?

Doch ständig hatte ich diese Angst, dass meinen Katern etwas passieren würde. Ich ging kaum noch vor die Tür, schlief auch nachts auf der Wohnzimmercouch. Mittlerweile gingen beide leider nicht mehr so häufig aufs Bett. Als ihre Katzenmama wollte ich immer in ihrer Nähe sein und einfach nur das tun, was eine gute Mutter eben tut: Für die Kinder da sein, auf sie aufpassen.

Und da war immer wieder dieses unerklärliche Gefühl, das mich begleitete…

Bei David wurde es statt besser immer schlechter. Diverse Tierarztbesuche brachten nichts, außer hohem Gehalt für die Ärzte...

Es spitzte sich im Februar 2010 zu. Mal wurde bei David eine Zahnfleischentzündung diagnostiziert, dann auf einmal ein Tumor unter der Zunge festgestellt. Was sollten wir denn noch glauben?

Wir wollten doch nur unser Kind nicht verlieren. Also entschieden wir uns nochmals für die Haaranalyse bei einer anderen Tierheilpraktikerin, die sich auch mit Tierkommunikation beschäftigte. Sie stellte den Kontakt zu David her und erzählte uns, er hätte kein Karzinom, aber wäre sehr krank. Mittel, die sie uns zusandte, halfen nicht mehr. Als ich hilfesuchend bei ihr anrief, meinte sie nur, dass sie uns viel Glück wünsche. Wieder überkam mich ein so merkwürdiges Gefühl. Wieso wünschte sie uns an dieser Stelle viel Glück? Aber man ist so sehr damit beschäftigt, um das Leben eines geliebten Lebewesens zu kämpfen, dass man alles andere beiseiteschiebt.

Einen Tag später passierte das, wovor wir alle Angst hatten. David starb in meinen Armen. Zuvor hatte er fast den ganzen Tag auf dem Schoß meiner Schwester verbracht. Aber es half nichts mehr. Ein kurzes Aufbäumen und sein Leben auf dieser Erde war zu Ende. Seinen kalten Körper habe ich noch eine Weile gestreichelt. Dieser Tag, der 24. Februar 2010, wird mir immer schmerzhaft in Erinnerung bleiben.

Dennis saß in seinem Sessel und schaute uns traurig an. Es schien so, als ob die Brüder sich kurz voneinander verabschiedet haben.

In den folgenden Wochen war Dennis noch sehr sehr traurig. Manchmal konnte man die Tränen in seinen Augen sehen, so flüssig wie bei einem Menschen. Man konnte sehen, wie sehr Dennis unter der Trennung von seinem geliebten Bruder David litt, schließlich hatten die beiden schon viel gemeinsam erlebt und auch Freud und Leid geteilt, so wie es bei uns Menschen ist.

Ein paar Wochen später schaute Dennis auf ein Bild, das in unserem Wohnzimmer hängt. Dort sind die beiden zusammen abgebildet. Nie zuvor hatte er dieses Bild angesehen, aber sein Blick fokussierte sich so stark darauf, dass ich die Tierheilpraktikerin gefragt habe, ob das etwas zu bedeuten hat. Sie konnte ja durch die Tierkommunikation Kontakt zu Dennis aufnehmen. Nein, nein, ich sollte mir keine Sorgen machen, dies hätte nichts zu bedeuten, war ihre Antwort. Mein Gefühl sagte mir jedoch etwas anderes.

Wochen vergingen. Plötzlich sah ich draußen einen wunderschönen Regenbogen. Die Farben waren so klar, so etwas hatte ich zuvor noch nie gesehen. Heute weiß ich, dass das ein Zeichen von David war, und er sich damit bei uns bedankt hat.

Oft schaute Dennis zum Himmel. Wir hatten ihm erzählt, dass David jetzt dort oben sei und wir das schon gemeinsam schaffen würden über seinen Tod hinwegzukommen.

Doch die Traurigkeit bei Dennis blieb, das konnte man sehen und auch fühlen.

Etwas später stellte man fest, dass das Zahnfleisch von Dennis gerötet war. Die Tierärztin hat nur noch kurz in seinen Mund gesehen. Eigentlich gab sie sich keine Mühe mehr, aber ich vergaß, meine Tiere waren ja alt und krank, da muss man sicherlich nichts Großartiges mehr tun.

Es ist schade, dass Tiere in solchen Situationen noch weniger Chancen zum Überleben bekommen als alte Menschen, wenn sie mal die 80 überschritten haben. Traurig, aber offenbar wahr.

Die Tierärztin gab auch mal wieder nur Antibiotikum, das Dennis gar nicht einnehmen wollte. Mit Sicherheit sagte ihm sein Instinkt, dass das nicht gut für ihn war. Von der weiter hinzugezogenen Tierheilpraktikerin gab es andere Mittel, wovon ich dachte, dass diese nun helfen könnten.

Und erneut kam dieses ängstliche Verlustgefühl, und wieder kämpften wir um das Leben eines unserer geliebten Kinder.

Aber wir durften nicht mehr viel Zeit miteinander verbringen. Statt der angeblichen Zahnfleischentzündung entwickelte sich ein Tumor. Das wurde von den Tierärzten zu spät erkannt. Man schickte uns nach Hause, mit der Diagnose, dass unser kleiner Schatz nur noch drei Monate zu leben hätte. Ein erneuter Schlag ins Gesicht.

Es waren gerade mal drei Monate vergangen, dass wir unseren David gehen lassen mussten, und nun in weiteren drei Monaten eventuell auch noch unseren Dennis verlieren? So einfach aufgeben, einschläfern lassen, wie uns das bei David schon empfohlen wurde, nein, ich kann doch meine Kinder nicht töten.

Niemals werde ich die Blicke von David und Dennis vergessen, als die Tierärzte das erwähnten.

„Nein, Mami, tu` das auf keinen Fall, wir wollen zu Hause bei euch sterben", so interpretierte ich schon den Blick von unserem David.

Die Tierheilpraktikerin rief mich nach seinem Tod an und berichtete, welche Kommunikation sie noch mit David hatte. Als Erstes fragte sie mich, wie David gestorben sei. Natürlich oder durch Todesspritze? Nachdem ich ihr gesagt habe, dass er zu Hause in meinen Armen gestorben ist, war sie erleichtert. Gott sei Dank, sagte sie, das war sein Wunsch.

Auch Dennis hatte diesen Blick, als wir noch versucht haben, Hilfe in einer Tierklinik zu finden. Doch dort kam nur das vernichtende Ergebnis: Da ist nichts mehr zu machen, gehen Sie und entscheiden, was zu tun ist.

Das konnte doch alles nicht sein. Mein geliebter, süßer Mausebär, wie ich Dennis manchmal nannte, sollte gehen? Diesen Gedanken konnte ich kaum ertragen. Niemand half, und ich betete und betete.

Zu dieser Zeit ging meine Schwester urplötzlich in eine Buchhandlung, die sie normalerweise nicht betritt, weil sie gar keine große Leserin war. Doch irgendetwas führte sie dorthin. Als sie so vor den Bücherregalen stand und eigentlich gar nicht wusste, was sie suchen sollte, fiel ihr ein Buch praktisch in die Hände. Ein Engelbuch. Sie brachte es mit nach Hause und ich verschlang von nun an diese Werke. Geleitet von diesen Büchern schrieb ich mir Gebete auf, die uns – vor allem Dennis – viel Kraft geben sollten. Jeder von uns hoffte noch auf ein Wunder, und das wenigstens dieses Kind noch bei uns blieb.

So schrieb ich voller Liebe folgenden Brief an Erzengel Raphael:

Liebster Erzengel Raphael,

wir bitten dich, Dennis mit deiner smaragdgrünen Energie von Gesundheit und Wohlbefinden zu umgeben. Wir danken dir, dass du deine kraftvolle Heilungsenergie sendest, die alle Krankheiten und Schmerzen mit jedem Atemzug, den Dennis nimmt, aufs Schnellste heilt.

Wir danken dir, dass wir in diesem Leben noch lange bei Gesundheit und Wohlbefinden zusammen sind. Wir danken dir für die vollkommene Gesundheit und das Wohlbefinden von Dennis. Wir überlassen jetzt dir, liebster Erzengel Raphael, Gott und den Heilern in den himmlischen Dimensionen diese Situation im vollen Vertrauen und Glauben daran, dass ihr das Richtige tut. Danke. In Liebe, Dennis und Gaby.

Diese Worte betete ich laut und leise, setzte mich zu Dennis und hoffte. Meine Schwester kaufte eine Statue von Erzengel Raphael, denn er ist der Engel der Heilung.

Zusammen mit Kerzen legte ich diesen Brief in die Nähe von unserem Engel Dennis, denn unser kleiner Schatz war, genauso wie sein Bruder David, ein wahrer Engel. Ein Engel der Liebe.

Es vergingen Wochen, lange Wochen und Tage der Hoffnung. Obwohl Dennis sehr krank war, haben wir versucht, sein Leben aufrechtzuerhalten, weil wir ihn ganz einfach liebten und lieben.

Vielleicht denken viele Menschen: Gib` dem Tier doch einfach eine Spritze und lass` es einschläfern. Aber wie schon Monate zuvor bei David, so sah ich auch diesen Blick von Dennis, der es mir nicht möglich machte zu solchen Mitteln zu greifen. Das sagten mir meine Gefühle und das war ganz sicher so in seinem Sinne.

Wenn man jemanden liebt, egal, ob Mensch oder Tier, so kämpft man doch für ihn und mit ihm, auch wenn das eventuell nur ein verzweifelter Versuch ist, das Liebste nicht zu verlieren.

Vor einigen Jahren hat mir einmal eine Dame gesagt, ich hätte heilende Hände. Damals spürte ich auch tatsächlich eine wohlige Wärme durch meine Hände fließen, und das war ganz sicher keine Wahrnehmungsstörung. Man denkt aber als Mensch oft, dass das gar nicht sein kann. Jeder hat diese besondere Gabe, aber man nutzt sie nicht, sei es aus Angst vor sich selbst oder eventuell der Meinung, die sich die anderen darüber bilden könnten…

Bei diversen Gebeten legte ich die Hände auf Dennis und spürte wieder sehr viel Wärme aus meinen Händen strömen. Ob nun Gott Vater, Erzengel Raphael, Erzengel Gabriel, die Heiler der himmlischen Dimensionen und Helfer wie die Heilige Therese oder den Heiligen Franziskus, alle sprach ich sie an. Und plötzlich sah ich vom Himmel her weiße Federn herunterschneien. Wo auch immer diese hergekommen sind, so etwas hatte ich noch nie erlebt. Auch meine Schwester sah auf einmal auf der Straße viele weiße Federn. Unsere Gebete werden erhört, so schöpfte ich neue Kraft und erneut Hoffnung. Diesmal schaffen wir es, dass eines unserer geliebten Kinder rechtzeitig gerettet wird.

Wie naiv, denken eventuell so Manche, aber das alles ist in der Realität passiert! Einfach so, vielleicht unerklärlich, aber dennoch wahr!

Man sagt, wenn die Gebete der Heiligen Therese erhört sind, werden einem irgendwie Rosen geschenkt. Zu meinem Geburtstag bekam ich eine wunderschöne Karte mit Rosen verziert, auch das sah ich als gutes Zeichen an.

Auf dem Grab meines Vaters waren plötzlich sehr viele Pilze. Auch das hatte ich so zuvor noch nie gesehen. Wenig später sah ich unter einem Baum, der vor unserer Wohnung steht, unzählig viele Pilze. Das war ebenfalls völlig neu für mich.

Daraufhin bekam ich Botschaften meiner Engel, denn das funktionierte auf einmal wunderbar und wundersam zugleich. Der Kugelschreiber in meiner rechten Hand ging von ganz alleine auf ein vor mir liegendes Blatt Papier nieder und schrieb. Auch für mich geschah etwas Seltsames: Das war nicht ich, die da nun schrieb, sondern meine Hand wurde durch irgendetwas geführt. Hatte ich mich vorher angestrengt, solche Himmelsbotschaften zu erhalten, war das urplötzlich problemlos möglich.

Diese Botschaft meiner mich begleitenden Engel hierzu lautete:

Aine, die Feenkönigin, die Mensch und Tier liebt und behütet, hat Euch auch geholfen und die Pilze auf dem Grabe des Euch sehr liebenden Vaters Heinz waren ein Zeichen der Liebe zu Euch Menschen und Tieren. Auch Pilze sahst Du vor dem Haus unter einem großen Baum. Das war ein Zeichen, dass auch Feen Euch begleiten.

Das stimmt, ich hatte in den Engelbüchern gelesen, dass auch Aine, eine Feenkönigin aus Irland, Tiere beschützt. In meinen Gebeten hatte ich auch sie angesprochen. Das mag alles seltsam erscheinen, aber all` diese Dinge habe ich mir gewiss nicht eingebildet. Für mich selbst war das alles neu. Ich war mir zwar sicher, dass es Dinge zwischen Himmel und Erde gibt, die man nicht so einfach erklären kann, aber so etwas hatte ich auch noch nicht erlebt. Doch ich habe gelernt, es zu verstehen.

Natürlich glaube ich an Gott Vater, an Mutter Maria, an Jesus Christus und bete jeden Tag. Wenn wir von diversen Tierarztbesuchen zurückkamen, so hielten wir an einer Kirche an, beteten, zündeten Kerzen an, nahmen Weihwasser mit nach Hause, um David oder Dennis zu segnen.

Es gab da eine CD, die meine Schwester mittlerweile gekauft hatte: Die Engel von Atlantis. Eine wunderbare CD, die, so schien es, auch unserem Dennis sehr gut gefiel. Er war so voller Ruhe, wenn er das hörte. Das konnte man eindeutig spüren. Als ich diese CD das erste Mal abspielte, war ich doch leicht erschrocken, denn darin kommt ein Regenbogen vor.

Sofort dachte ich an den wunderschönen Regenbogen, der uns Monate zuvor von David geschickt wurde.

In Gedanken nahm ich Dennis mit auf diesen Regenbogen. Als wir über diesen Regenbogen zurückkamen, stellte ich mir vor, dass mein Kind geheilt sei.

Bei dieser Engelmeditation kommen auch Delfine vor. Einmal holte mich ein weißer Delfin ab und wir gingen über den Regenbogen nach Atlantis. Auf dem Rückweg sah ich in dieser Meditation David winkend auf dem Regenbogen. Ein sehr emotionales Erlebnis. Ob es weiße Delfine gibt, das weiß ich gar nicht, aber unser David ist/war weiß!

Am Morgen des 31. August 2010 musste ich sehen, wie mein Kind Dennis starb. Zum Sterben hatte er sich auf den Platz auf dem Sideboard gelegt, wo schon der tote Körper seines Bruders ein halbes Jahr zuvor gelegen hatte. Die Sehnsucht nach David war offenbar stärker. So wurde es mir auch in einer späteren Engelbotschaft, die ich nun immer häufiger erhalten durfte, mitgeteilt.

Mein Herz ist gebrochen als der Tierbestatter Dennis` Leichnam aus der

Wohnung getragen hat. Es war bei David schon schlimm, aber bei Dennis habe ich das irgendwie doppelt gespürt. Komischerweise hatte Dennis auch Vieles von David in seinen letzten Tagen übernommen, so dass man bis heute das Gefühl hat, dass unser David zweimal gestorben ist.

Das müssen wir leider wohl alles so akzeptieren und noch eines habe ich gelernt: Nicht wir Menschen entscheiden, wann wir gehen oder ein geliebtes Wesen gehen muss, sondern nur einer entscheidet, und das ist Gott Vater.

In einem Gespräch, dass ich mit der Tierheilpraktikerin geführt habe, als unser David verstorben war, sagte sie mir, dass sie versucht hat, ihm zu helfen, aber wenn jemand etwas anderes entscheidet, kann auch sie nichts mehr tun. Damals habe ich das nicht so richtig verstanden, weiß aber jetzt, was sie damit gemeint hat. Gott Vater alleine entscheidet, wann der Weg zu Ende ist.

Auch am Abend bevor Dennis starb hatte ich noch einmal Kontakt zu einer lieben Dame namens Marlene aufgenommen. Sie hatte uns alle mit Reiki unterstützt. Was ich zu diesem Zeitpunkt nicht wusste, ist, dass auch Marlene ein komisches Gefühl hatte. Sie hat Kontakt zu Erzengel Metatron, arbeitet mit ihm zusammen, doch an diesem Abend kam auf ihre Fragen bezüglich Dennis keine Antwort mehr. Sie hörte auch nicht das Telefon, das sie neben sich liegen hatte, um zu helfen. Vielleicht musste das alles so sein. Wie es scheint, hatte da jemand anderes seine Hände im Spiel.

Auch wenn man nichts mehr ändern kann, es bleibt da diese große Traurigkeit. Vielleicht wird der Schmerz mit der Zeit leiser, aber vergehen wird er wohl nie.

Da ist keiner mehr, der gestreichelt werden möchte, der auf den Tisch springt und vor der Küchentür sitzt und meckert. Da ist kein David mehr, der sein Köpfchen an einem Bein reibt oder seinen Popo hochstreckt, damit man darüber streichelt. Da ist kein Dennis mehr, der gekrabbelt und massiert werden möchte, der auf meinen Bauch springt und mit mir kuschelt.

Es gab so viele Zeiten der wahren Liebe, die wir miteinander verbringen durften. Diese Erinnerungen werden mich immer begleiten.

Man denkt, dass man nicht mehr weiterleben kann, aber man muss voranschreiten, denn unsere Engel wollen nicht, dass wir traurig sind!

Einige Wochen nach Dennis` Tod bekamen wir zwei weiße Katzenmädchen angeboten. Nein, das hätte keiner uns übers Herz gebracht. Wir lieben unsere Kater über den Tod hinaus und es gibt keinen Ersatz oder Nachfolger für David und Dennis. Wären es Söhne auf zwei Beinen gewesen, so würden wir die auch nicht einfach durch andere Söhne ersetzen.

Meine Engel habe ich dann gebeten, diesen Kätzchen ein anderes, sehr gutes

Zuhause zu geben, in dem sie auch Liebe erfahren werden. Ich vertraue darauf, dass das so geschehen ist.

Vergeblich haben wir um das Leben von David und Dennis gekämpft. Wochen bevor Dennis starb, hatte ich Marlene, die auch Kontakt zum Jenseits herstellen kann, gebeten, meinen Vater, der schon sehr lange verstorben ist, zu rufen. Es gelang ihr sehr gut und mein Vater lachte, da er sich freute, dass ich ihn „angerufen" habe. Ich weiß, dass es viele Menschen gibt, die auch das anzweifeln, aber es funktioniert und ist vollkommen real. Man muss es nur verstehen lernen.

Während dieser „Konversation" übermittelte er einen Satz: *Alles kommt so, wie es kommen soll, und alles geschieht zu Eurem Besten.*

Alles kommt so, wie es kommen soll. Das lese ich immer wieder, wenn ich die Botschaften meiner mich begleitenden Engel erhalte. Manchmal macht es mir etwas Angst, nicht diese Botschaften von "oben" zu empfangen, das ist für mich schon Normalität geworden, sondern immer wieder diesen Satz zu lesen.

Aber nun kann ich mit meinen Kindern auch nach ihrem Tod noch "reden" und das ist wunderbar. Ein weiteres Geschenk, für das ich dankbar bin.

Natürlich wäre es mir lieber, ich könnte noch mit ihnen kuscheln, sie streicheln, Küsschen geben und noch Vieles mehr. Doch ich spüre meine Kinder auch jetzt. Sie sind da, egal, ob man mir das glaubt oder nicht, sie gehören zu meinen Schutzengeln, die sie eigentlich schon immer für mich/für uns waren. Auch diese Zeilen sind von David und Dennis mit geschrieben worden. Sie helfen und unterstützen uns, begleiten uns.

Die Liebe ist stärker als der Tod.

Aber genauso wie beim Tod meines Vaters, den ich über alles geliebt habe und noch immer liebe, so haderte ich auch nach dem Tod von David und Dennis mit Gott und der Welt. Während der

Phase des Kampfes gegen den Tod meiner Kinder hatte ich aber immer das Gefühl, von Engeln begleitet zu sein. Nicht nur in Form von weißen Federn.

So sah ich eines Tages aus dem Fenster und auf den Sträuchern vor dem Haus, in dem wir wohnen, lag alles wie strahlendes Gold. Das kam mir alles sehr unrealistisch vor, denn auch das hatte ich noch nie zuvor gesehen. Da bat ich meine Schwester, doch nachzusehen, ob sie sieht, was ich da so sehe. Doch auch sie sah dieses Gold in den Sträuchern. Alles sah so wunderschön aus und wie ich mittlerweile weiß, ist Gold ein Zeichen der Liebe. Am nächsten Morgen war davon nichts mehr zu sehen…

Merkwürdigerweise flossen immer mehr dieser Botschaften erst nach dem Tod von David. Oft hatte ich den Drang, mich mit Block und Kugelschreiber hinzusetzen. Wieder bewegte sich der Kugelschreiber ganz von alleine, ich habe nichts dazugetan. Alles ging von selbst…

Beginnen möchte ich mit den Botschaften, die ab dem 1. September 2010 an uns geschrieben wurden, nachdem mein geliebter Dennis diese Erde verlassen musste.

Der Gedanke, ohne Dennis auch noch weiterzuleben, war einfach unerträglich, schmerzlich, das kann ich kaum in Worte fassen.

Da erreichte mich dann plötzlich diese ungewöhnliche Botschaft:

Deinem Liebling geht es sehr sehr gut, das sagt Dir Gott, der Dennis sehr sehr verehrt und auch liebt. Amen. 01.09.2010 Du wirst das eines Tages verstehen lernen. Danke.

Wir lieben Euch alle.

Glauben Sie mir, ich war mindestens genauso erstaunt, wie Sie jetzt vielleicht sind. Ganz sicher bilde ich mir nicht ein, dass Gott so einfach mit mir „redet" oder mir besser gesagt „schreibt". Das ist sicherlich eine Ausnahme. Wahrscheinlich erhielt ich von ihm selbst diese Botschaft, weil ich mal wieder mit ihm und der Welt gehadert habe.

Aber wir sind alle Kinder Gottes.

Natürlich trauern wir sehr oft um unsere geliebten Kater und fragen uns, ob es ihnen jetzt wohl gut geht. Eine weitere Frage beschäftigt uns auch noch immer: Haben wir eventuell etwas falsch gemacht? Man ist verzweifelt, man versteht Vieles nicht. Warum mussten unsere beiden Lieblinge so früh gehen? Schon bei meinem Vater, der mit 62 Jahren viel zu früh von uns ging, habe ich das alles nicht verstanden.

David und Dennis waren/sind der Inbegriff von Liebe und Zärtlichkeit. Mein Vater genauso. Er war immer nur ein liebevoller Vater, der das Herz am rechten Fleck hatte und sich für seine Familie aufgeopfert hat.

Meine Mutter, meine Schwester und ich haben viel geweint, so wie viele andere Menschen sicherlich auch, wenn sie traurig sind. Nach Davids Tod konnte meine Schwester nur noch weinen. Woher kann man eigentlich so viele Tränen nehmen?

Alles ist so leer ohne unsere Mäuse, wie wir die beiden manchmal nannten.

Doch da gibt es glücklicherweise ja noch die Botschaften der Engel, die ich seit geraumer Zeit erhalten darf. Es ist so wie „telefonieren" oder „Briefe schreiben" mit den Lieben, die jetzt dort „oben" wohnen. Selbstverständlich wird das nicht jeder gleich verstehen, aber ich bin froh und Gott dankbar, dass man mir diese wunderbare Gabe geschenkt hat und ich den Kontakt zu meinen Lieben halten kann und darf.

Immer besser empfing ich diese Nachrichten. Es fließt alles, wie man das so schön sagt.

Auf so manche Frage erhält man eine Antwort. So auch am 8. September 2010.

Wir „Übriggebliebenen" haben uns Gedanken gemacht, wieviel Zeit uns wohl noch zusammen bleibt. Und so bekam ich für meine Schwester Annemie folgende Botschaft:

Liebe Annemie, wir lieben Dich beide von ganzem ganzem Herzen. Du bist für uns eine ganz ganz liebe Mami gewesen und bleibst das auch immer und ewig.

Friseur spielen fand ich prima. Streicheln auch und Stinker liebte es, mit Dir zu ku-

scheln und den Popo streicheln zu lassen. Du bist eine geliebte Mami und wir lieben Dich alle beide sehr sehr sehr für immer und ewig.

Deine Mutz, Dein kleiner Stinker.

In Liebe für immer und ewig. Amen

Es war tatsächlich so, dass meine Schwester Annemie mit Dennis vor seinem Tod häufig Friseur gespielt hat. So komisch das klingen mag: Waschen, schneiden, föhnen, dabei erzählen und man konnte sehen, wie wohl sich Dennis dabei fühlte.

Und auch David hat seinen Popo ja immer hinten hochgestreckt, fand das ganz toll, wenn Annemie dann sein Fell streichelte und mit ihm sprach. So miteinander umzugehen, auch zwischen Mensch und Tier, ist ein wahres Zeichen der Liebe.

Wir hatten viele Kosenamen für unsere beiden Lieblinge, zum Beispiel Mausebär oder Stinkerchen. Doch meistens nehmen die beiden Mutz für Dennis und Stinker für David, wenn sie ihre Botschaften unterzeichnen. Ja, auch das ist wahr, Tiere werden zu Engeln genauso wie wir Menschen es irgendwann auch einmal werden.

Am selben Tag bekam ich dann auch eine Botschaft für meine Mutter, die die beiden Kater nicht nur als Tiere, sondern auch als eine Art Enkelkinder behandelte:

Liebe Omimi, wir lieben auch Dich sehr sehr sehr und wünschen uns, dass Du noch lange bei Annemie und Mama Gaby auf dieser Erde bleiben darfst. Aber das geht alles gut. Wir sorgen für Euch drei. Alles Liebe und danke für alles. 08.09.2010 Eure Mäuse/Enkelchen. Amen

Manchmal gehen mir/uns Sachen durch den Kopf, wie zum Beispiel die beiden Katzenmädchen, die uns seinerzeit als Nachfolger für unsere Lieblinge „angeboten" wurden. Ohne noch einmal nachzufragen, bekommen wir auf Gedanken auch von „oben" Antworten. Das kann sofort sein oder auch Tage dauern.

So erhielten wir am 11. September 2010 folgende Botschaft:

Die Engel und Eure geliebten Söhne sagen Euch:

*Die Entscheidung, Euren geliebten Söhnen und geliebten Katern **keine** Nachfolger zu geben, ist **richtig**.*

Dafür liebt ihr Eure Kinder viel zu sehr und das respektieren wir alle im Himmel.

*Wir verstehen das alles und Eure Kinder **lieben** Euch für diese Entscheidung.*

Das zeigt **Eure wahre Liebe** zu David und Dennis.

Gott hat diese Liebe gesehen. Alles ist gut.

Ihr werdet mit Euren Kindern im Himmel immer vereint sein. Eure Liebe ist stärker als der Tod. Amen. 11.09.2010

Am selben Tag wäre mein Vater 90 Jahre alt geworden, und wir haben natürlich auch noch intensiver an diesem Tag an ihn gedacht. Wir nannten unseren Vater manchmal Daddy, und auch diese Gedanken kamen „oben" an.

So erhielten wir folgende Nachricht von unserem geliebten Daddy:

Die Engel sagen Euch: Eurem Daddy, Heinz Kurt Kuppe, der auf Erden heute 90. Geburtstag gefeiert hätte, geht es hervorragend und Euer Daddy grüßt Euch ganz herzlich.

Ich liebe Euch auch, Kinder und Agnes.

*Lasst Euch nicht hetzen oder beleidigen. Das habt ihr alle drei **nicht nötig**. Ich liebe Euch bis in alle Ewigkeiten. Amen.*

Euer Daddy und geliebter Ehemann Heinz.

Es stimmte nicht nur, dass wir ihn Daddy genannt haben, sondern sein zweiter Vorname ist tatsächlich Kurt.

Meine Mutter heißt mit Vornamen Agnes, auch das ist korrekt.

Jetzt können Manche sagen: Klar, sie weiß ja, wie alle heißen und wann Geburtstag gewesen wäre und und und.

Aber ich kann mich nur wiederholen: Die Hand zum Schreiben wird mir geführt, und ich habe das nicht selbst geschrieben.

Am 13. September 2010 erhielt meine Schwester eine weitere Nachricht von David und Dennis:

*Wir, Schnucke, kleiner Stinker, sind für **ihre** Annemie auch immer da. Wir sagen Dir, liebe Annemie: Bitte weine nicht so viel um uns, behalte uns, Deine Mäuse,*

in sehr guter Erinnerung und versuche einfach mehr glücklich zu sein.

Du warst/bist eine ganz ganz tolle Mutter für uns beide und wir lieben Dich für all die Liebe, die Du uns gegeben hast und noch immer gibst.

*Bleib Deinen Lieben erhalten, indem Du lernst zu **leben**!*

Bitte bitte werde ruhiger und leiser, Du musst autogenes Training machen, Mama Gaby helfen beim Buchschreiben und sie auch unterstützen, wenn sie weitere Aufgaben – vor denen sie keine Angst haben muss – erfüllen wird. Die Aufgaben sind harmloser als Du, liebe Mama Gaby, jetzt denkst.

Liebe Annemie,

*wir lieben Dich sehr sehr und werden Dich **nie**, niemals im Stich lassen, auch wenn das jetzt so erscheinen mag.*

Wir lieben Dich. Heute, morgen und in alle Ewigkeiten. Amen

Oder eine weitere Botschaft lautete:

Wir sind immer da, Mami. Wir lieben Dich, Mama Annemie und unsere kleine Omimi sehr sehr sehr.

Seid nicht traurig. Wir sehen uns wieder.

In Liebe, Eure Mutz, Euer Stinker

Alles wird/ist gut.

Macht Euch keine Sorgen, wir Engel helfen Euch. Amen.

In Liebe, Euer Daddy, Deine/Eure Kinder

Deine/Eure Engel in alle Ewigkeit. Amen

Wir drei gingen dann häufiger gemeinsam spazieren. Frische Luft tanken, Sonnenstrahlen auf sich wirken lassen und Ruhe einfach genießen. Nach so viel

Sauerstoffzufuhr bekommt man noch mehr neue Energie und Kraft zum Schreiben.

Und ich durfte für uns eine weitere Botschaft empfangen:

Hallo, liebe Mamis,

das war wirklich prima und Euch hat das alles sehr gut getan. Eure Seelen brauchen diese frische Luft und vor allem Sonne und Ruhe. Ihr werdet bald gesund und könnt weiterleben, auch wenn es ohne unsere Körper auf Erden sein muss. Aber ihr drei schafft das. Glaubt uns. Wir sind doch immer bei Euch, jetzt und in alle Ewigkeit. Amen. Eure Kinder

Aber wie das so ist, wenn man liebt, es tut häufig noch alles sehr weh, und man denkt sehr viel nach. David und Dennis haben uns zwar immer wieder geschrieben, dass es ihnen sehr gut geht, doch als Mensch beginnt man schon mal zu zweifeln. Das ist vielleicht nur menschlich...

Man sollte es kaum für möglich halten, aber es ist tatsächlich so, dass die Engel alles hören und sehen. Das ist so!

Auf solche Zweifel kam dann folgende Botschaft:

Die Kinder sind gut aufgehoben im Himmel bei Gott. Sie werfen Dir viele viele Küsse zu und sagen Dir: Wir lieben lieben lieben Dich, Mami und Annemie und Oma auch. In Liebe, Eure Mutz, Euer Stinkerchen. In Liebe. Amen. 14.09.2010

    Meine Mutter und meine Schwester sahen wie mir die Botschaften diktiert wurden. Sicherlich nicht so ganz einfach für die beiden, aber sie bemerkten ja im täglichen Zusammenleben auch, dass ich ein ganz normaler Mensch bin, der nur eben von Zeit zu Zeit solche Fähigkeiten erhält. So fragte meine Schwester neugierig nach, ob man ihr denn auch antwortet, wenn sie laut etwas fragt und ich dann diese Nachrichten zu Papier bringe. Natürlich funktioniert das! Sie stellte Dennis eine Frage: „Weißt Du noch, wie ich Dich immer genannt habe?" Sofort bewegte sich der Kugelschreiber und schrieb:

Ja, natürlich weiß ich das. Biene,

Tschüss, meine Biene, hat Annemie immer gesagt. Ich liebe Annemie und auch Omimi und Dich, liebe Mama, ganz ganz viel. In Liebe – auch von Eurem kleinen Stinker, Mutz, Süße, Biene, Mausebär und Schatzi! Euer Dennis und Euer David. Amen. 14.09.2010

David und Dennis hatten ja sehr viele Kosenamen, und als ich mich hinsetzte, um nach Diktat zu schreiben, konnte ich nicht wissen, welche dieser Kosenamen nun kommen sollte. Vielleicht klingt das für den ein oder anderen nun wieder merkwürdig, aber beide Kater haben als Engel auch eine andere Schrift. David schreibt groß und sehr ruhig, die Schrift von Dennis ist eher klein und krackelig. Merkwürdig, aber dennoch wahr!

Zu der vorgenannten Botschaft mit dem Kosenamen Biene gibt es eine entzückende Geschichte: Wenn meine liebe

Schwester zur Arbeit fuhr oder einkaufen ging, so öffnete sie noch einmal die Wohnzimmertür und sagte dann immer: Tschüss, Biene, meine Biene. Dennis saß dann meistens auf seinem Würfel und „antwortete" mit Lauten seiner Annemie.

Und zu unserem kleinen David sagte sie immer: Und, Stinkerchen, schön lieb sein! Ja, ja, unser kleiner Rabauke, der sich so prächtig entwickelt hatte, er hatte schon manchmal Flausen im süßen Köpfchen...

Die Sehnsucht nach den beiden ist nach wie vor sehr groß, und ich bin dankbar für dieses Geschenk, mit ihnen auf diese wundersame Weise „reden" zu können.

Es tut unseren Seelen gut, und ich bin mir sicher, dass unsere Kinder uns Mut, Kraft und Stärke senden.

Am Morgen des 10.10.2010 gab es dann wieder für alle drei Nachrichten:

Guten Morgen, liebe Mama, bitte mach Dir/macht Euch nicht so viele Gedanken.

Es geht uns sehr gut und ihr habt alles für uns getan und noch mehr.

Aber ihr seid nun noch drei und ihr sollt Euch lieben, das Leben genießen und Euch an der Natur erfreuen.

Wir vermissen Euch auch, aber sehen auch von oben zu, was ihr so macht. Schön lieb sein, Mamis. Eure Euch liebenden Kinder. In Liebe

Da war es wieder, das *schön lieb sein.* Doch diesmal von der anderen Seite…

Nicht nur David und Dennis sandten uns die Botschaften, sondern auch mein Vater kam immer häufiger als Übermittler von Nachrichten aus der geistigen Welt. Die Engel merken alles, aber auch wirklich alles, was uns Menschen so beschäftigt. So antwortete mein Vater mir auf meine Gedanken, die mich quälten:

Geliebtes Kind,

bitte verzweifelt nicht am Tod Eurer geliebten Kinder. Sie würden bei Euch sein, aber es ging nicht mehr. Bitte versteht das.

Ihr seid behütet von allen Euch begleitenden Engeln. Macht Euch keine Sorgen über alles.

Es kommt alles so, wie es kommen soll. Fürchtet Euch nicht, wir begleiten Euch. Keine Angst, Mama wird nicht so bald sterben und ihr beide auch nicht. In Liebe.

Euer Vater Heinz.

Ja, da war er wieder, dieser eine Satz: Alles kommt so, wie es kommen soll.

Am selben Tag bekam ich auch noch eine Nachricht von meinem Mausebär (Dennis):

Nicht weinen, geliebte Mama. Du bist nicht schuld an meinem Tod. Das musste alles so kommen.

Bitte halte mich in Gedanken und gib niemals auf. Dein geliebter, süßer, kleiner Mausebär. 18.10.2010

In Liebe.

Das ist als Mensch manchmal alles nicht so leicht, man glaubt, man hat etwas falsch gemacht, man zweifelt. Aber ich weiß, dass unsere Engel nicht wollen, dass wir uns so grämen.

Zu Ehren und zur Erinnerung an unsere beiden Lieblinge haben wir das Sideboard, auf dem die toten Körper unserer Kinder Wochen/Monate zuvor lagen, zu einem kleinen Altar umfunktioniert.

Das Sideboard steht nun auf einem anderen Platz, und wir hoffen, dass es David und Dennis gefällt.

Auch hierzu kam direkt folgende Botschaft der beiden geliebten Kater:

Liebe Mamis, das habt ihr wunderschön gemacht. Der Altar gefällt uns sehr gut.

Lasst die Anordnung so und stellt nur noch unser kleines Foto mit den Käfern rechts zur Mutter Gottes und zu Erzengel Raphael hin. Bitte stellt auch noch drei Kerzen, wenn es geht, alles in weiß, verteilt auf den Altar. Wir danken Euch für Eure ewige Liebe und für ein schönes Leben mit Euch auf der Erde.

Nicht weinen, geliebte Mama, wir sehen uns wieder. In ewiger Liebe, Eure Kinder David und Dennis. Wir lieben Euch sehr. Küsschen.

Über diesem Sideboard hängen nun auch zwei Bilder mit Wasserfällen, die unsere beiden Kinder symbolisieren sollen.

Dazwischen hängt ein Regenbogen mit zwei Wolken. Auch das soll ein Symbol für David und Dennis sein.

Meine Mutter betet jeden Tag sehr viel. Das wird natürlich im Himmel der Liebe sehr gerne gesehen und so bekam ich neben der Botschaft für mich bezüglich meiner zweifelnden Gedanken auch noch eine Botschaft für meine geliebte Mutter:

Liebe Mama,

Du machst Dir zu viele Gedanken wegen allem. Du warst eine sehr sehr liebe Mama für uns und wirst das auch immer sein.

Denk mehr daran, was wir alles Schönes erlebt haben, weine nicht und Mama Annemie auch nicht. Ihr liebt uns beide sehr und unsere Oma liebt uns auch sehr.

Wir sehen gerne, wenn Oma immer mit uns spricht. Das tut uns gut und lässt unsere Herzen, die wir auch im Himmel der Liebe haben, sehr hoch schlagen.

Auch wenn Oma immer für uns betet, hören wir und natürlich unser aller Gott es sehr gerne. Wir danken unserer Oma dafür.

Bitte mach Dir keine Sorgen, es geht uns gut und wir sehen uns wieder.

Auch Dein Papa sieht es gerne, wenn Du Dir nicht so viele Sorgen machst. Dein Papa ist stolz auf Dich und auf seine Große auch.

Alles ist so kostbar. Niemand kann unsere Liebe zerstören, hörst Du, Mama, niemand! Vergiss das bitte nie.

In ewiger Liebe und Dankbarkeit für wunderschöne Jahre voller Geborgenheit und Liebe bis in alle Ewigkeiten. Amen.

Euer süßer kleiner Mausebär, Euer kleiner Stinker

Dass mein Papa stolz auf mich ist und auch auf seine Große, wie er meine Schwester tatsächlich häufig nannte, erfüllt mich mit sehr viel Stolz und Liebe. Auch mein/unser Vater hat nichts anderes verdient als Liebe.

Oft haben sich unsere Engel für all die Liebe und Treue bedankt, und wir danken unseren Engeln für all die Liebe und Unterstützung von „oben".

Alle Menschen und Tiere haben es verdient, geliebt zu werden. Jedoch machen es sich Viele selbst und auch anderen sehr schwer.

Man kann nur hoffen, dass die Liebe die Menschen rechtzeitig erreicht und die Welt dann doch liebevoller macht. Man soll die Hoffnung, wie überall, niemals aufgeben!

Die Gabe, Botschaften von „oben" zu erhalten, weitete sich immer mehr aus. Neben David, Dennis und meinem Vater „gesellten" sich dann eines Tages auch die Erzengel dazu. So erhielt ich von Erzengel Metatron die folgende Botschaft:

Du, liebe Gabriele, hast dies nicht selbst verfasst, sondern Erzengel Metatron, der Dich begleitet. Danke, dass Du dieses Buch schreibst. Deine geliebten Kater senden Dir viel viel Liebe und auch sie vermissen Dich/Euch. Ewige Treue und Liebe sei Dir, Deiner geliebten Mutter und geliebten Schwester von Deinen geliebten Kindern David und Dennis sowie uns Engeln der Liebe gewiss. Amen.

Erzengel Metatron war mir ja schon durch Marlene bekannt, aber allzu viel wusste ich gar nicht von ihm. Nur hatte ich in Erinnerung, dass er der einzige Erzengel ist, der einmal gelebt hat auf Erden.

Die Schrift von Erzengel Metatron ist sehr klein und ich bekam hierzu die Erläuterung, dass diese Schrift für einen Schriftgelehrten seiner Zeit so üblich war.

Von den Engeln bekam ich auch den Rat, öfter zu meditieren. So tat ich das, was mir von den himmlischen Helfern empfohlen wurde. Bei einer solchen Meditation sah ich nochmals einen wunderbaren Regenbogen und erhielt dazu folgende Botschaft:

Der Regenbogen, den Du gerade bei Deiner guten Meditation gesehen hast, gewaltig an Farben und goldblitzend mit goldenen Sternen, war ein Zeichen der **Liebe** *von Deinen Dich sehr sehr liebenden Kindern Dennis und David. Mach Dir keine Sorgen, es geht beiden Katern als Engel der Liebe sehr sehr gut und sie sagen Dir:*

Geliebte Mutter, Du bist wunderbar und wir danken Dir für all die Liebe, die Du uns gegeben hast und die Du uns über den Tod hinaus – genau wie Mama Annemie und Oma – noch schenken wirst. Auch wir werden auf Euch warten bis in alle Ewigkeiten. Amen. Eure Engel der Liebe.

Eure Kinder Dennis und David.

Alle Engel, Gott und alle Helfer Gottes segnen Euch für die Treue und Liebe.

Es kam Weihnachten. Ein Fest der Liebe und der Freude. Aber wir konnten uns nicht an wunderschön geschmückten Tannenbäumen oder Weihnachtsliedern erfreuen.

Es machte uns nur einfach traurig. Nicht nur Tränen im Gesicht, sondern auch Tränen im Herzen waren unaufhaltsam da.

Am 28.12.2010 bekam ich dann darauf diese Botschaft:

Weint nicht um mich, denn es wird der Tag kommen, an dem wir uns wiedersehen können. Recht bald in Euren Träumen. Nicht aufgeben, Mama. Alles wird gut.

Dein geliebter, süßer, kleiner Mausebär in ewiger Liebe. Amen (Drei Herzen wurden gemalt)

Das neue Jahr 2011 brach heran. Ein Jahr, das ohne meine geliebten Kinder an mir vorbeiziehen sollte. Wie kann ich das überstehen? Diese Frage habe ich mir sehr oft gestellt und bekam diese Botschaft:

Alles Liebe zum neuen Jahr 2011.

Wir lieben Euch für immer und ewig.

Eure Kinder Dennis und David.

Es umarmen Euch Eure Engel der Liebe.

Schreitet voran, habt keine Furcht, wir helfen Euch.

Ewige Liebe sei Euch gewiss. Amen

Immer häufiger säumen weiße Federn unseren Weg, ob beim Einkaufen gehen, beim Spaziergang, überall. Selbst wenn wir aus dem Fenster schauen, so fliegt ab und an eine weiße Feder daran vorbei. Ist das ein Zeichen?

Folgende Botschaften bekam ich hierzu für uns drei:

Eine weiße Feder kam von rechts nach links geflogen. Zeichen des treuen Freundes David, der Euch für immer liebt. Nicht traurig sein, liebste Mama Annemie, wir sind da und behüten Dich. Amen.

Liebe Mama Gaby,

die weiße Feder ist ein ganz dicker Kuss von Deinem kleinen Stinkemann, der für Dich, Mama Annemie und Oma gerne die Last getragen hat.

Die weiße Feder ist auch ein Zeichen für die Liebe zu Euch und umgekehrt, denn ihr liebt uns so sehr, dafür danken wir Euch von ganzem Herzen.

(Es wurde ein riesengroßes Herz gemalt)

    Die Last hat David für uns getragen! Ja, sie teilten beide Freud und Leid mit uns, aber welche Last? Später musste ich schmerzlich erfahren, dass beide für mich eine schwere Last getragen haben. Eine Last, von der man kaum vorstellbar als normaler Mensch etwas ahnt oder ahnen kann. Doch darauf komme ich später noch einmal zurück. Leider!

Aber wie das so ist, wenn man liebt, man vermisst das geliebte Wesen und es umgibt einen eine Traurigkeit, die nicht enden will.

Hierzu kamen folgende Botschaften:

Keine trüben Gedanken haben. Alles wird gut. Es ist alles gut. Geht in Liebe und Freude weiter durch das Euch gegebene Leben. Amen.

Alles wird gut. Mutz, Stinker

Wir lieben Euch. Ave

Ende Januar haben sowohl meine Mutter als auch meine Schwester Geburtstag.

Es war für sie das erste Mal, dass sie ohne unsere Kinder den Geburtstag verbringen mussten.

Am Geburtstag meiner Mutter ging der Kugelschreiber etwas merkwürdig voran und ich dachte schon: „Oh je, was kommt denn jetzt?" Aber es wurde eine wunderschöne Blume gezeichnet und noch eine zweite. Danach kam folgende Nachricht:

Liebe Omimi,

wir wünschen Dir, geliebte kleine Omimi, einen schönen Geburtstag. Wir sind bei Dir alle Tage, alle Nächte, sehen Dich von oben, geben Dir Kraft und Mut voranzuschreiten und lieben Dich. Amen.

Dein Mutzele, Dein Mäuslein

Auch für meine Mutter, die ansonsten eine recht starke Frau ist, sind solche Momente sehr emotional.

Irgendwie hatte ich an diesem Tag erneut das Gefühl, mich hinzusetzen und zu schreiben. Das ist nun sehr häufig so, dass ich von oben eine Botschaft empfange, dann nehme ich einfach Kugelschreiber und Papier zur Hand, und schon geht es los. Das ist so ähnlich wie die Arbeit einer Sekretärin, nur eben auf himmlischer Basis.

Für Viele ist das sicherlich etwas Unvorstellbares, jedoch gibt es Dinge zwischen Himmel und Erde, die unerklärlich und dennoch real sind.

Wie soll man das am besten erklären?
Prompt kam darauf folgende Botschaft:

Alles ist Energie, durch die das Schreiben der Engel möglich wird. Fürchtet Euch nicht, alles hat seinen Sinn. Ave

Ja, das mit dem sich nicht fürchten ist so eine Sache. Manche wissen genau, wovon ich jetzt rede. Doch Einige lehnen es sofort rigoros ab, obwohl man ja die gleiche Person ist, die man vorher war. Nur eben mit einer besonderen Gabe!

Es folgten weitere Botschaften für meine Lieben und mich:

Da wurden zum Beispiel in einer dieser Botschaften links oben zwei Herzen gemalt, dann wieder zwei Blumen mit folgendem Diktat:

Für unsere kleine liebe Omimi.

Wir danken Dir für all die Liebe, die Du uns gegeben hast und weiterhin gibst. Alles hat seinen Sinn, Omi, es wird alles gut gehen mit Dir und Mama Annemie und Mama Gaby.

Die Zeit bei Dir und unseren geliebten Mamis war toll und sehr sehr liebevoll. Wir wünschen uns, dass ihr Euch lieb habt, viel Zeit miteinander verbringt und niemals aufhört Euch zu sagen, dass ihr Euch liebt. Amen.

Eure geliebten Mäuse David und Dennis.

Es wurden drei große Herzen gezeichnet.

Zwei Tage später hat meine Schwester Geburtstag. Sie hat auch an diesem Tag sehr viel geweint. Der erste Geburtstag ohne David und Dennis. Lieb gemeinte Geschenke konnten da nicht helfen, aber sie bekam ein anderes, besonderes Geschenk:

Als ich die Botschaft empfing, wurden als Erstes drei Wellen gezeichnet.

Solche Wellen kommen meistens zum Schluss einer jeden Botschaft und bedeuten, wie wir mittlerweile wissen, Küsschen.

Meine Schwester erhielt zu ihrem Geburtstag folgende Nachricht:

Liebe Mama Annemie,

herzlichen Glückwunsch zum 62. Geburtstag und viel viel Liebe und Kraft und Mut von Deinem Pöppeskind David (Herzchen wurden dahinter gemalt) und Deiner Schnucke (auch hier wurden wieder Herzchen dahinter gemalt)

Dann ging der Kugelschreiber wieder hin und her, es wurden zwei Pfoten gezeichnet.

Wir geben Dir unsere Pfoten als Zeichen der ewigen Treue und Liebe. Alles ist gut. Nicht weinen, bitte! Wir merken alles, Mama Annemie. Sei bitte stark, lebe und gehe voran.

Wir sind da, bei Dir, alle Tage, alle Nächte und wir werden uns wiedersehen.

Am selben Tag kam noch eine Botschaft von unserem Vater für meine Schwester:

Liebes Kind Annemarie,

auch Dein geliebter Daddy sendet Dir viele viele Küsse aus dem Jenseits und umarmt Dich herzlich. Weine nicht, geliebtes Kind, Du musst bitte stark bleiben für alles, was noch kommt und kommen soll. Alles ist gut, meine Große. Alles!

Diese Botschaften haben uns schon oft geholfen über schwierige Zeiten hinwegzukommen. Sie gaben und geben uns stets Mut, Kraft und Stärke. Danke.

Wie bereits erwähnt, können auch Fragen beantwortet werden. So fragte meine

Schwester irgendwann nach, ob denn unser David tatsächlich taub gewesen sei? Das hatte man gesagt, als wir David und Dennis zu uns genommen haben.

Von David selbst kam daraufhin die Antwort, dass er niemals taub gewesen ist, sondern sich nur dumm gestellt hat, da es in seinem damaligen Umfeld vor unserer Zeit einen Mann gab, der Böses im Sinn hatte, und David das gespürt hat.

Welch` sehr guten Instinkt unser kleiner Stinker doch hatte…

Am 30. Januar 2011 kamen plötzlich Regenbogenfarben, die sich auf unserem Wohnzimmertisch widerspiegelten. Ein neues Zeichen?

Die Botschaft als Antwort darauf lautete:

Liebe Mama`s,

die Regenbogenfarben kommen durch das Licht und sollen Euch sagen:

Wir lieben Euch, danken Euch, lebt weiter in Frieden.

Alles ist gut so. Mama`s.

(Es wurden wieder Herzen gemalt)

Es kam der erste Todestag von David, der 24. Februar 2011. Ein sehr schmerzlicher Tag.

Der Kugelschreiber kreiste wieder und es wurden zuerst zwei Pfoten, dann zwei Herzen gemalt mit folgender Botschaft:

Liebe Mama Annemie, liebe Mama Gaby, liebe Oma,

weint nicht um mich, denn mir geht es gut im Himmel der Liebe bei Gott, dem Herrn, meinem geliebten Bruder Dennis, der Euch auch liebt und ehrt, und Eurem Vater Heinz, unserem lieben Großvater, der nun viel Freude hat bei uns. Macht Euch keine Vorwürfe, Gedanken. Keine von Euch hat Schuld auf sich geladen. Ihr seid mir immer treu gewesen und liebt mich über den Tod hinaus. Wenn Du magst, dann schreibe diese Zeilen noch in das wunderschöne Buch zu unseren Ehren.

Wir sind immer da bei Euch. Alle Tage, alle Nächte, bis in alle Ewigkeit. Amen.

Schreibe noch im Buch der Liebe, dass wir uns mehr als wohl gefühlt haben bei Euch. Wenn das Buch ein Erfolg wird, so sind wir glücklich im Himmel der Liebe. Alles wird gut sein. Alles!

Wir lieben Euch für immer und ewig. Amen.

Wir drei gingen am selben Tag in die Kirche, zündeten Kerzen an und beteten. Als wir nach Hause kamen, hatte ich wieder den Drang zu schreiben und es kam folgende Nachricht:

Geliebte Mamas, geliebte Oma,

danke, danke, danke für die weißen Kerzen, die ihr für mich/uns angezündet habt in der Kirche, das ist sehr schön von Euch, trotz des schlechten Wetters extra deswegen zu fahren, habt Dank auch dafür. Wir lieben Euch. Alles hat seinen Sinn. Liebe für immer und bis in alle Ewigkeit

Eure Mutz, Euer Stinker (drei Herzchen und drei Küsschen wurden gemalt)

Ein halbes Jahr später, am 31. August 2011, war unser Dennis ein Jahr tot. Auch da gingen wir in die Kirche, zündeten Kerzen an und haben gebetet. Obwohl alles oft sehr schwer ist, weiß ich heute, dass wir uns wiedersehen werden. Irgendwann.

Wir lieben uns für immer und ewig, und nichts und niemand kann unsere Liebe jemals zerstören. Niemand!

Zwischendurch erinnern wir uns immer wieder an die wunderschöne Zeit, die wir fünf miteinander verbringen durften. Eine liebevolle, zärtliche Zeit, für die ich David und Dennis von ganzem ganzem Herzen danke. Oft sehe ich auch noch die Mundwinkel der beiden, die sich zu einem zauberhaften Lächeln formten. Eine schöne Erinnerung an glückliche Zeiten.

Eines Tages hörte ich die Zeilen eines Liedes aus meiner Kindheit: Mama, Du sollst doch nicht um Deinen Jungen weinen. Ein sehr schönes Lied und so treffend, denn David und Dennis werden für mich immer meine Söhne bleiben, auch wenn ich sie nicht selbst geboren habe.

Dieses Buch haben David und Dennis ja mitgestaltet, und als ich das Manuskript noch einmal durchsehen wollte, geschah etwas Eigenartiges.

Wie so oft, habe ich vorher gebetet, meinen Mausebär, mein Stinkerchen und meinen Daddy sowie alle mich begleitenden Engel, Gott Vater, Erzengel Metatron, Erzengel Raphael, Erzengel Gabriel und Erzengel Uriel, Mutter Maria, Jesus Christus, die Feenkönigin Aine und die himmlischen Helfer um Hilfe gebeten.

Als ich begann, die vor mir liegenden Zeilen durchzulesen, kam nach jedem Absatz am rechten Rand eine Anmerkung, wie zum Beispiel: *Korrekt, so stehen lassen, richtig!* Oder es kam einfach nur ein Haken.

Bei dem Absatz über die liebevolle Gemeinschaft, die wir hatten, wurde am rechten Rand folgender Text geschrieben: *Das ist richtig, Mama.* Zwei Herzen wurden daneben gemalt. Da spürte ich mehr denn je meine Kinder in mir.

Das ging immer so weiter. Als zum Beispiel das Thema Tierarzt kam, schrieben die beiden folgende Zeilen: *Das stimmt, Mama, aber nicht Eure Schuld.* Wieder wurden zwei Herzen gemalt.

Oder als die Tierärztin gesagt hatte, dass David über Nacht sterben würde, kam der Hinweis: *Nochmals für alles lieben Dank. Das habt ihr alle gut gemacht. Euer Stinker.* Diesmal wurden drei Herzen gemalt.

Zur Haaranalyse bei den Tierheilpraktikern kam am Rand die Bemerkung: *War gut so. Alles richtig!*

Zum Thema Fehldiagnose der Tierärzte kam nur folgendes: *Haben sie oft gemacht.*

Weiter kamen Anmerkungen, dass sie sehr gerne unsere düsteren Tage erhellt haben, dass es toll war zu kuscheln oder massiert zu werden.

Als die Zeilen kamen, in denen genannt wurde, dass David manchmal auf den Tisch sprang und auch eine E-Mail schreiben wollte, kam folgendes: *Konnte keiner lesen! Aber war schon prima.*

Es war auch kein Zufall, dass die beiden zu uns kamen. Sie haben die Zeit bei uns genossen und das tat/tut uns allen gut.

Als ich in dem Manuskript erwähnte, dass diese Nachrichten so wie Briefe schreiben ist, ging der Kugelschreiber genau an diese Stelle wieder zurück, strich das Wort Briefe durch und schrieb das Wort Botschaften hin.

Die Schrift verändert sich immer wieder und ich selbst verändere ganz sicher nicht von einer Sekunde auf die andere meine Schrift. Es kommen in den Botschaften verschiedene Schriftarten vor.

Jeder Engel schreibt anders, mal klein, mal groß, dann wieder schräg. Es ist schon eigenartig und großartig zugleich.

Von ganzem Herzen bedanke ich mich bei Dennis und David für die schönste und liebevollste Zeit in meinem Leben, und für alles, was sie für uns getan haben.

Gott Vater, Mutter Maria, Jesus Christus, Erzengel Metatron, Erzengel Uriel, Erzengel Gabriel, Erzengel Raphael, den Heilern in den himmlischen Dimensionen und den Helfern Gottes, sowie der Feenkönigin Aine, danke ich für die Liebe, Unterstützung und Begleitung auf all unseren Wegen. Sie haben Vieles für mich klarer gemacht.

Meinem Vater danke ich und allen anderen mich begleitenden Engeln, für die Liebe und Fürsorge über den Tod hinaus.

Herzlichen Dank sage ich auch meiner Mutter und Schwester für ihre Liebe und dass sie Freud und Leid mit mir teilen, für ihre Unterstützung und dass sie mich nicht, wie viele andere, für dumm erklärt haben, nur weil mir eine besondere Gabe gegeben wurde.

Als ich dachte, mit diesem Werk fertig zu sein, da bekam ich weitere Botschaften. Dort habe ich von dem, was meine Kinder alles für mich/für uns getan haben, erfahren. Man mag es kaum glauben, was sie an Last für mich/uns getragen haben.

Meine süßen kleinen Engel!

Als ich von alledem, was geschehen war, nicht im Geringsten etwas ahnte, sagte ich immer intuitiv zu meiner Schwester: Unsere beiden Mäuse sind uns von „oben" geschickt worden. Wie wahr das doch alles ist!

Ihre Liebe hielt mich am Leben, wie sehr, erfuhr ich erst später.

Es gab leider einen Mann in meinem Leben, der keine guten Absichten hatte.

Man mag es kaum glauben, aber mit Zauberei hat er gegen meine Familie und mich „gearbeitet".

Dazu erhielt ich folgende Botschaft:

David sah von Anfang an, was dieser Mann im Schilde führte und griff mit seinem Leben ein, denn du, Gabriele, solltest dein 50. Lebensjahr nicht mehr erreichen.

Die Eifersucht dieses kleinen Mannes war so groß, dass er Voodoo-Zauber benutzte, um Dir zu schaden.

David war Euer Retter und hat diesen Zauber auf sich genommen, um seine geliebte Mutter zu behüten.

Dennis tat es ein zweites Mal, um diesen Unsinn zu beenden.

Alles geschah aus Liebe, wir würden es immer wieder für Euch tun. Ave

David, Dennis

Es wird alles gut. Amen

Aber glauben Sie mir, es war alles fürchterlich, und es ist unfassbar, wozu Menschen – aus welchen niederen Beweggründen das immer sein mag - in der Lage sind. Leider ist es schlicht und ergreifend nur die Wahrheit, eine bittere Wahrheit! Das musste ich schmerzlich feststellen und erleben. Eine furchtbare Situation und das nur, weil jemand glaubt, er müsse „handeln".

Meine wunderbaren Kater. Meine großen Helden! Sie haben es aus Liebe getan! Beide opferten sich für mich aus reiner Liebe. Es ist sehr schmerzlich, das zu begreifen!

Die beiden wollten mir/uns immer nur helfen. Sie taten es als Kater und sie tun es jetzt noch immer als Engel, die Liebe sind.

Kann man sich eine reinere Liebe vorstellen? Das ist Liebe, die wahre Liebe.

Mein David und mein Dennis können versichert sein, dass ich ihnen unendlich dankbar bin. Niemals werde ich meine Kinder vergessen, nicht nur, weil ich sie für immer und ewig lieben werde, sondern auch für alles, was sie für uns getragen haben.

Diese Liebe ist unendlich und unvergessen.

Liebe ist stärker als der Tod.

An dieser Stelle möchte ich gerne mit ein paar öffentlichen Zeilen meinen Kindern danken, auch wenn Viele das vielleicht jetzt wieder für töricht halten. Es ist Liebe, einfach nur wahre Liebe.

*Geliebter David, mein kleines Stinkerchen,
geliebter Dennis, mein süßer, kleiner Mausebär,*

ich liebe Euch so sehr und danke Euch für alles, was ihr für mich/uns getan habt. Mama hofft, dass es Euch jetzt bei Gott im Himmel sehr sehr gut geht und wir uns wiedersehen.

Ihr habt jeden Respekt verdient und vor allem Liebe und Frieden.

Eure Euch immer liebende Mama.

Botschaft Deiner Dich immer und ewig liebenden Kater David und Dennis:

Liebste Mama,

die Du warst und für immer und ewig sein wirst. Sei nicht traurig, weine nicht, alles, aber auch alles, was wir für Dich/Euch getan haben, geschah aus Liebe.

Weine nicht, schreite voran, schreibe dieses Buch. Wir helfen Dir.

Liebe ist stärker als der Tod und jede Belastung, wo auch immer sie herkommen mag.

Wir nahmen gern die Last auf uns und sind gerettet und frei von Schmerz, Pein und der Plage unseres/Deines/Eures Peinigers.

Wir werden für Gerechtigkeit unsere Liebe wieder einsetzen. Alles wird gut, Mama. Wir sehen uns wieder.

Deine Dich liebenden Kinder David und Dennis.

(Über den Namen wurden zwei Herzen gemalt)

Es ist alles sehr schwer für meine Familie und mich, doch wie schreiben es meine/unsere geliebten Engel immer wieder: *Schreite voran.*

An einem ziemlich düsteren Tag blickte ich auf einmal zum Himmel und sah einen Sonnenstrahl mit einer weißen Wolke.

Diese weiße Wolke formte sich zu einem Gesicht, welches genauso aussah wie das liebe Gesichtchen von meinem kleinen süßen Dennis, der nun schon Monate verstorben war.

Meine Tränen konnte ich nicht mehr aufhalten und bin mir ganz sicher, dass das keine Einbildung war.

Meine Kinder sind immer für mich da, auch über den Tod hinaus.

Man muss zuerst lernen, die Zeichen aus der geistigen Welt zu verstehen. Das ist anfangs sicher nicht immer leicht, dieses Verstehen. Wir sollten auch mehr auf unsere Intuition hören, denn der erste Impuls ist meistens richtig.

Selbst wenn es Menschen gibt, die daran zweifeln, so kann ich ihnen nur sagen: Zweifelt nicht, denn es ist real.

Wir erhalten Zeichen, die wir beachten oder nicht beachten. Man sollte doch immer mit offenen Augen durchs Leben gehen, aber manchmal verschließen wir uns vor diesen Dingen, weil wir es nicht verstehen.

Als ich diese Zeilen niederschrieb, kam hierzu folgende Botschaft:

Meine über alles geliebte Mama,

Du hast das richtig gesehen am Himmel. Der Sonnenstrahl kam von Dennis, den Du auch als Gesicht in den Wolken gesehen hast.

Alles ist gut, Mama.

Es geht Stinkerchen und mir hervorragend gut.

Mach Dir keine Sorgen, liebste Mama, wir beschützen Euch vom Himmel der Liebe aus, jetzt und in alle Ewigkeit. Amen

Dein kleiner süßer Mausebär Dennis

(Es wurden auf dem Blatt Papier drei große Herzen gemalt)

Meine geliebten Kinder,

wie sehr ich Euch vermisse.

Manchmal ist es mir sehr schwer ums Herz und immer wieder kommt von Euch die Botschaft, niemals aufzugeben und voranzuschreiten.

Eure Euch liebende Mama, in Gedanken küsse ich Euch, streichele Euch und male Euch Herzen in den Himmel.

In ewiger Liebe und Treue. Danke, danke für alles.

Sofort kam folgende Botschaft:

Liebe Mama,

wir lieben Dich über alles und es wird Dir nichts Böses mehr geschehen.

Wir lieben Euch alle sehr sehr sehr, jetzt und in alle Ewigkeit. Amen

    Wolken, die sich zu den Körpern von David und Dennis formten, sah ich noch oft am Himmel.

    Das ist sicherlich recht eigenartig, deshalb werde ich nachstehend auch ein Foto zeigen, auf dem ich persönlich links den fröhlichen David, meinen kleinen

Stinker, der sich gegen die hochgelegte Bettdecke lehnt, erkenne. Rechts sehe ich meinen kleinen süßen Mausebär Dennis, der im Arm seiner liebenden Mama kuschelt.

Natürlich fragte ich neugierig nach und erhielt diese Botschaft:

Du hast es wahrlich richtig gesehen, der kleine, lustige Stinker links und Dein kleiner Mausebär in Deinen Armen, geliebte Mama.

Danke für alles. Wir sehen uns wieder. Ave

Es gibt sie, diese Zeichen vom Himmel, da bin ich mir absolut sicher.

Kürzlich sahen wir wieder zwei Regenbogen nebeneinander. Die Farben waren ganz klar und strahlten. Zwar muss ich jedes Mal weinen, wenn ich ein solches Zeichen sehe, aber es ist trotzdem einfach nur schön!

Der linke Regenbogen war diesmal von Dennis und der rechte Regenbogen von David. Sie wollten uns damit ein Zeichen geben, dass alles gut wird.

Es wird nie wieder so sein, wie es mit David und Dennis war, aber ihre Botschaften hielten mich anfangs am Leben und erfüllen mich nun jeden Tag mit neuer Liebe, Hoffnung, Kraft und sie geben mir den Mut, voranzuschreiten.

Ihre Liebe, die unvergessen bleibt und unendlich groß ist, wird meine Familie und mich immer begleiten. Dafür bin ich/sind wir sehr sehr dankbar.

Zwei wunderbare Wesen können auf Erden nicht mehr bei mir sein, aber als Engel sind sie immer für mich da.

Ein himmlisches Geschenk!

Regenbogen, Wolkenbilder, weiße Federn und auch weiße Schmetterlinge. Es sind viele Zeichen, die uns gegeben werden. Ein weiteres, wunderbares Geschenk von „oben".

Obwohl das für mich jetzt schon alles normal geworden ist, frage ich ab und zu trotzdem nochmal nach, ob das etwas zu bedeuten hat, was ich, was wir, da zu sehen bekommen.

Und so erhielt ich auch hierauf eine Botschaft:

Liebe Mami`s,

liebe kleine Omimi,

Regenbogen und Wolkenbilder, so werden wir Euch oft Zeichen vom Himmel aus geben.

Liebe ist mit Euch. Amen

Mutz, Stinker

(Es wurden drei Herzen gemalt)

Gott sei mit ihnen/uns für jetzt und in alle Ewigkeiten. So ist es.

Und traut Euch, auch einmal an das Ungewöhnliche zu glauben. Alles hat seinen Sinn.

Mögen alle Menschen und Tiere dieser Welt Liebe spüren.

Vielen Dank für Ihr Vertrauen.

Liebe Mama's
liebe kleine Omimi

habt Dank für die
wunderbaren Worte
für uns. Alles ist
gut für

[unleserlich]

Maunita   Stiller

Liebe Mama`s

liebe kleine Omimi

habt Dank für die wunderbaren Worte für uns. Alles ist gut. Ave

Wir lieben Euch und danken für die wundervolle Zeit auf Erden und dem Glauben an uns als Engel. Ave.

Mausebär   Stinker

Vita der Autorin

Gabriele Kuppe erblickte das Licht der Welt im Rheinland. Ihre Kindheit und Schulzeit verbrachte sie im Ruhrgebiet.

Die berufliche Laufbahn von Gabriele Kuppe begann als Rechtsanwaltsgehilfin, später arbeitete sie sehr viele Jahre in einer Hypothekenbank als Kundenbetreuerin. Da die Autorin die Naturheilkunde sehr interessiert, absolvierte sie erfolgreich ein Homöopathiestudium.

Mittlerweile lebt Gabriele Kuppe mit ihrer Familie wieder im Rheinland und veröffentlichte mehrere Bücher, die anderen Menschen liebevoll und hilfreich zur Seite stehen sollen.

www.gabriele-kuppe.jimdo.com